POÉSIES

DIVERSES

DU NEUVIÈME OUVRAGE

DE

FRANÇOIS-JOSEPH BOSQUET

Demeurant à Livry-le-Vieux

Canton de Caumont-l'Eventé, département du Calvados

PRIX: 1 FRANC L'EXEMPLAIRE

OU 10 FRANCS LA DOUZAINE, FRANC DE PORT

S'adresser à Athénaïse Bosquet, épouse de l'auteur, soit par un
mandat sur la poste ou en timbres-poste et affranchir

1869

Allez, mes vers, au milieu des familles,
Si vous pouvez charmer les jeunes filles,
Je vous prédis le plus doux avenir.
Heureux qui plait à ce sexe adorable,
Tout lui devient à l'instant favorable,
Emploi, fortune, il peut tout obtenir.
Allez mes vers, allez sous le feuillage,
Entre les mains du vieillard et du sage ;
Oh puisiez-vous être chéris par eux.
Pendant l'hiver, en dépit de Borée,
Faites passer doucement la soirée.
Au rendez-vous, chez tous les malheureux,
Allez, mes vers, apaiser la souffrance.
En inspirant aux pauvres l'espérance,
Aux criminels un heureux repentir.
Répandez-vous sans perdre une seconde ;
Allez mes vers, allez chez tout le monde,
A tous les maux puissiez-vous compatir.

ÉPITRE

D'UN AMANT A L'UNE DE SES AMANTES

Chère amante, il est vrai, nous nous aimons encore,
Et quoi? nous trahissons la nymphe qui m'adore
Et qui vous aime autant qu'elle peut vous aimer.
Très-longtemps avant vous elle a su me charmer ;
Nous nous sommes promis une éternelle flamme ;
Elle seule à jamais doit régner sur mon âme.
Cependant, je vous aime, oh ! destin malheureux,
Qui nous faites brûler d'illégitimes feux,

Puissions-nous à jamais oublier votre amorce ;
Mais pour vaincre l'amour, oh ! j'ai trop peu de force ;
Je l'ai trop irrité, faisant mille serments
D'être, en dépit de lui, le type des amants ;
Quand les dieux m'enverraient une amante nouvelle,
Je n'en serais pas moins à la mienne fidèle,
Me disais-je, et voilà que dès le premier jour,
Je me laisse entraîner au penchant de l'amour.
Dès que je vous connus, je vous trouvai charmante ;
Mais je ne croyais point parler à mon amante.
L'amour, en se glissant doucement dans mon cœur,
Ne m'effaroucha point et devint mon vainqueur ;
Il me fit voir en vous une sensible amie,
Qui se trouvait sujette à la mélancolie ;
Afin de la chasser, j'eus recours aux plaisirs ;
Cependant votre cœur était gros de soupirs ;
Je saisis votre main, tendrement je la presse,
Dans vos yeux languissants, je lis votre tendresse,
Je vous donne un baiser de mille autres suivis,
Nous étions sans témoins, mes sens étaient ravis,
Tout nous environnait du plus profond silence ;
Enfin, nous nous trouvons tous deux d'intelligence,
Je sentis redoubler je ne sais quel espoir,
Et tout se décida par un malheureux soir.
Depuis, de vous aimer, je ne puis me défendre,
Et cependant à vous je n'ai rien à prétendre.
Je ne suis plus mon maître , ah ! fuyons tous ces lieux
Qui furent les témoins de nos coupables feux.
Fuyons, ma chère amante, il en est temps encore ;
Mais où fuir, en tous lieux, hélas ! je vous adore !
Je n'oublierai jamais ces moments de plaisir
Où vous avez daigné combler tous mes désirs ;

Cependant, je me dois à ma première amante.
Que dis-je à mon épouse, oh nymphe trop charmante !
C'en est fait, il me faut renoncer à vous voir.
Mais, que dis-je, le puis-je, oh trouble, oh désespoir
Quoi ! pourrai-je jamais oublier tant de charmes
Je le désire en vain, je le sens à mes larmes,
Je voudrais vainement oublier vos attraits
L'amour a, dans mon cœur, enfoncé tous ses traits
Si mon épouse, hélas ! savait quel est mon crime
De son juste courroux, qui serait la victime ?
Grands Dieux ! qui pouvez tout, dérobez à jamais,
Dérobez-lui mon crime, ou plutôt mes forfaits,
Cependant aimons-nous, mais d'une amitié pure,
Qui ne puisse jamais à l'hymen faire injure
Tous les trois aimons-nous, puisse les justes dieux
Nous unir à jamais, en tous temps en tous lieux.

ÉPITAPHES

POUR M. JACQUES-CLÉMENT GUEROULT-PRÉFONTAINE

décédé à Livry au mois de mai 1821.

Il fut très-longtemps notre maire
On ne put rien lui reprocher
Des malheureux il fut le père,
De lui tous pouvaient approcher.

DEUXIÈME.

POUR JEAN-BAPTISTE-GRÉGOIRE GUEROULT, MON
ONCLE, ANCIEN NOTAIRE DE TRUNGY

décédé le 16 *juillet* 1847, *à Caen.*

Il eut la mémoire en partage,
Les talents, l'esprit, les malheurs,

Et montra le plus grand courage
Au sein des plus vives douleurs.

TROISIÈME.

POUR M. GUILLAUME GUY, CURÉ DE LIVRY
décédé en 1835.

Il connut toutes les sciences,
Il empêcha bien des procès,
Et malgré ses impatiences
Il obtint de très-grands succès.

ÉPITRE AUX HUMAINS

à l'occasion de la cherté des subsistances
17 juin 1847.

Oh riches qui, vivant au sein de l'abondance
Contemplez sans pitié du pauvre la souffrance,
N'avez-vous jamais su qu'il est des justes dieux
Qui frappent les méchants en tous temps en tous lieux.
Vous l'ignorez, je crois, puissé-je vous l'apprendre,
Et repousser les maux qui sont prêts de s'étendre,
Vous qui, vendant vos grains des prix exorbitants,
De la France écrasez les pauvres habitants
Que ferez-vous sans eux, la campagne déserte
Enfantera bientôt une affreuse disette.
Oh ! riches, désormais, soyez plus généreux,
Ou vous tomberez tous à jamais malheureux,
Si vous n'adoucissez du pauvre la souffrance,
Craignez des justes dieux, ah ! craignez la vengeance.
Malheureux ouvriers, on vous fera périr,
Il vous faudra voler, ou bien de faim mourir.
Si vous volez, oh Dieux ! arrachés du village,
Vous aurez les prisons, et la honte en partage,

Votre famille enfin, n'osant plus faire un pas,
Périra de misère, invoquant le trépas.
Non, périssez plutôt, périssez tous ensemble,
Qu'un destin plus heureux à jamais vous rassemble,
Périssez, et le riche, accablé de travaux,
Doit périr, à son tour, au sein de tous les maux.
Il verra, mais trop tard, en pleurant ses victimes,
Que sa cupidité lui creusa des abîmes.
Qui travaille pour vous et qui vole aux combats,
Ce sont les ouvriers, oh ! riches trop ingrats.
Et vous les écrasez de toutes les manières ,
Oubliez-vous qu'ils sont des humains et vos frères.
Oh France ! oh ma patrie ! oh peuple malheureux !
Personne n'entend plus vos accents douloureux.
Ignorez-vous qu'il est une maudite engeance
Qui cherche à s'élever aux dépens de la France.
On veut vous désunir, oh malheureux français ;
Afin de vous river les fers à tout jamais.
Vous avez parmis vous, des méchants et des traîtres,
Qui, depuis trop longtemps, des humains sont les maîtres.
Ce sont eux qui vous font endurer tant de maux,
Et vous les nourissez du fruit de vos travaux.
On n'en peut plus douter, il est des misérables
Qui se sont fait un jeu de se rendre exécrables.
Exterminez-les tous, mais non, soyez humains.
D'un trop coupable sang ne souillez pas vos mains.
Il existe une loi naturelle et suprême,
Elle vous dit d'aimer, chacun comme vous-même.
Si vous la suiviez tous, on verrait à jamais
Dans ce monde régner l'abondance et la paix.
Le riche se dirait : si j'étais misérable,
N'aurai-je pas besoin d'une main secourable.

Je ne serai plus sourd aux accents douloureux
Que poussent mais en vain, tant d'humains malheureux.
Le pauvre se dirait, conservons la fortune
Du riche bienfaisant, elle nous est commune.
Oh ! riches, désormais, rendez-vous plus humains ;
A soulager le pauvre, appliquez tous vos soins ;
Ne vous exposez plus à la guerre intestine ;
Cette guerre serait, de la France la ruine.
Aidez-vous désormais, en tous temps en tous lieux ;
C'est-là le vrai moyen, d'être à jamais heureux.

AVIS AUX ÉLECTEURS, 1849.

Oh ! que de candidats se présenteront encore,
Qu'un sordide intérêt, avilit, déshonore,
Qui promettront beaucoup et n'accorderont rien
Dont l'unique désir est d'amasser du bien.
Plus on a de ces gens, plus on se trouve à plaindre,
Désireux du bonheur, oh ! voulez-vous l'atteindre,
Que vos représentants soient bons et généreux,
Qu'ils soient les vrais amis de tous les malheureux,
Vous ne les verrez point mendier vos suffrages ;
Pour en agir ainsi, ces hommes sont trop sages,
Mais si vous les trouvez, ils vous feront des lois
Lesquelles nous rendront tous heureux à la fois.
Ils sauront alléger les impôts de la France.
Nous nous trouverons tous dans la plus douce aisance.
Il est plus d'un moyen afin d'y parvenir,
Puissiez-vous au plus tôt ces grands hommes choisir.

ÉPITAPHES

POUR JEAN-LOUIS BOSQUET, MON PÈRE

décédé à Livry le 8 octobre 1843.

Il fut bon époux et bon père
Fidèle ami, très-généreux,
Que la tombe lui soit légère,
Qu'il soit au rang des bienheureux.

POUR M. CHARLES FLAUX, CURÉ DE SAINT-CLAIR

décédé en 1849.

Ce prêtre était bien respectable,
Je fus témoin de ses bienfaits,
Je sais qu'il fut très-charitable
Et qu'il mérite nos regrets.

POUR M. CARDINE

Percepteur de la commune de Livry.

Homme d'esprit et de science.
Il fut intègre percepteur ;
Ce fut sa propre conscience
Qui lui tint lieu de directeur.

POUR JOSÉPHINE GUÉRARD, DÉCÉDÉE A LIVRY, EN 1826

Elle n'est plus du monde, elle a quitté ces lieux ;
La mort nous l'a ravie, oh triste destinée !
A peine elle atteignait sa dix-huitième année,
Et la tombe à jamais l'arrache à tous nos vœux.

POUR M. LEREBOURG, ANCIEN VICAIRE DE LIVRY

Décédé à Bretteville.

Il était doux, profond et sage,
Evitant les sentiers battus ;

Il mourut au printemps de l'âge,
Orné des plus belles vertus.

POUR M. THUBEUF, NOTAIRE A LIVRY
Décédé le 26 *août* 1841.

Ce grand homme, la bonté même,
Sut plaire à qui le connut bien ;
Je trouvais un plaisir extrême
Dans son noble et doux entretien.

ÉPITRE

A MES CONCITOYENS

Tout change sur la terre incessamment de face,
Il n'est rien cependant qui ne soit à sa place.
Qui règle tout ainsi, ce sont les justes dieux ;
Ils tiennent la balance en tous temps, en tous lieux.
Si je suis un méchant, tôt ou tard il m'accable ;
Tout d'abord ils m'envoient le remords implacable,
Je voudrais, mais en vain, le surmonter, hélas !
Ce vautour affamé s'attache à tous mes pas ;
Si je suis, au contraire, humain, doux, bon et sage,
L'aimable paix me suit jusque dans l'esclavage.
Il est un bien qui fait le suprême bonheur,
En dépit des méchants, ce bien c'est un bon cœur.
Quand me trouvant en butte à l'affreuse imposture,
Innocent, je me vis condamné pour usure,
Près de perdre mes biens quand des méchants affreux
Ont voulu m'accuser de crimes faits par eux ;
Je sentis que j'avais ce paisible courage,
Qui de la conscience est un bon témoignage,
Et de mes ennemis je bravai les desseins.
La bonne conscience est le plus grand des biens
Quoi, pourrait-on me perdre en me prêtant des crimes ?

Non, certes, ces méchants se creusent des abimes.
On voulait me forcer à les dénoncer tous.
Mais la délation n'entre point dans mes goûts,
Je laisse aux justes dieux le soin de ma vengeance.
Persuadé que je suis qu'ils prendront ma défense,
Car ils vengent toujours l'innocent opprimé ;
J'en suis si convaincu que j'en fus désarmé.
En dépit du méchant et de son stratagème,
Le sage vit en paix au-dedans de lui-même.
Dans les divinités, il met tout son espoir ;
Que dis-je ? on ne crains rien quand on fait son devoir.
Heureux qui peut se dire à son heure dernière,
J'ai fait autant de bien que je pouvais en faire :
J'ai soulagé le pauvre, assisté mes parents ;
J'ai défendu le faible et vaincu ses tyrans.
La veuve et l'orphelin se trouvant en souffrance,
N'implorèrent jamais en vain mon assistance.
Jamais je n'entrepris un injuste procès,
A la seule équité je dus tous mes succès ;
J'entrevois le trépas, sans craindre son approche,
Ma conscience est pure et sans aucun reproche.
Ah ! combien il est doux en terminant son sort,
De raisonner ainsi, sans redouter la mort.
Voulez-vous vivre heureux et trépasser de même,
Portez la bienfaisance à son degré suprême,
Ne soyez jamais sourd aux accents du malheur ;
Des humains malheureux, soulagez la douleur.
Ainsi vous préviendrez peut-être de grands crimes,
Dont le pauvre et le riche ont été les victimes.
Oh combien d'assassins, seraient très-vertueux,
Si le riche eut été moins cruel envers eux ;
Voyant de faim mourir et sa femme et sa fille,

Un homme ose voler d'abord une vétille :
On le jette en prison, quelle source de maux,
En vain à son retour, il cherche des travaux ;
Il a perdu l'honneur, et comme il lui faut vivre,
A des assassinats l'infortuné se livre.
Et sans avoir égard à son funeste sort,
Humains vous oserez le condamner à mort.
Mais, condamnez aussi le riche impitoyable,
Car il est le premier et le plus grand coupable.
Ou soyez plus humains, sans les faire mourir,
Inspirez leur à tous un heureux repentir.
Si la Société fût mieux moralisée,
On ferait de la terre un second Élysée.
A vos frères, prouvez qu'il faut pour être heureux,
Être en tout équitable, en tous temps, en tous lieux.
Prouvez-leur que celui qui s'abandonne au vice
Rencontre tôt ou tard un affreux précipice.
Que jamais le méchant ne trouve le bonheur ;
Qu'il faut pour le trouver suivre à jamais l'honneur.
Au riche, démontrez qu'il est prudent et sage
De faire de ses biens un noble et saint usage ;
Fussiez-vous le plus grand de ce vaste univers,
Qui vous met à l'abri des plus tristes revers.
Il n'est rien ; soyez donc en tous temps charitable,
Afin que si jamais le malheur vous accable,
Les dieux et les humains daignent vous secourir.
Non, l'homme bienfaisant ne peut de faim mourir !
Travaillez sans relâche à réprimer le vice ;
Inspirez la bonté, la vertu, la justice,
Et les dieux béniront vos sublimes efforts,
En faisant de chacun disparaître les torts.
Oh ! vous qui désirez le bien de la patrie ;

Oh ! vous de qui la France en tout temps fut chérie,
Voulez-vous son bonheur et le vôtre à jamais,
Fuyez tout ce qui peut la troubler désormais.
Fuyez tout ce qui tend à la guerre intestine,
Qui de votre intérêt, le plus cher est la ruine.
Dans les divinités, mettez tout votre espoir,
Sans les dieux nous n'avons ni force, ni pouvoir.
Mais, nous protègent-ils ? nous n'avons rien à craindre ;
Il n'est pouvoir humain qui puisse nous atteindre.
Afin de mériter l'appui des justes dieux,
Travaillez à vous rendre humains et vertueux.
Des animaux, qui sont utiles à votre vie,
Rendez le sort heureux ; qu'il soit digne d'envie.
Voyez tous les humains, comme autant de parents.
Ayez pour ennemis, les ingrats, les tyrans.
Mais, dès qu'ils sont vaincus, traitez-les tous en frères.
Évitez les procès, la vengeance et les guerres ;
Fuyez tout ce qui peut troubler votre repos ;
Ne faites jamais rien qui ne soit à propos.
Ainsi, vous jouirez de la plus douce vie ;
Vous rendrez notre sort à tous digne d'envie.
Oh ! vous qui possédez le suprême pouvoir,
Des ingrats, des tyrans, soyez le désespoir ;
Mais ne vous bornez point à réprimer le vice,
Daignez récompenser la vertu, la justice.
Vous n'aurez bientôt plus aucun crime à punir ;
Puissé-je voir ainsi nos plus grands maux finir.

VERS

QUE JE FIS POUR LE JOUR DE LA 1re COMMUNION
D'AMÉLIE BOSQUET, MA FILLE

*Lesquels elle récita dans l'église de Livry
le 15 juillet 1849.*

PRIÈRE A L'ÊTRE SUPRÊME.

Grand Dieu, vous qui daignez, dans ma misère extrême,
Venir me visiter au sein de mes tourments,
Oh ! vous qui pouvez tout, vous la bonté suprême,
Ne me refusez point dans ces heureux moments.
Malgré tous mes défauts, votre bonté m'engage
A vous prier pour tous les êtres malheureux.
Rendez digne de vous mon trop simple langage.
Qu'il traverse les airs et pénètre les cieux.
Je ne viens point prier pour notre chère France,
Mais pour tout l'univers trop rebelle à vos lois,
Oubliez ses défauts, mais voyez sa souffrance,
Veuillez le relever quand il est aux abois.
Inspirez à chacun la vertu, la justice,
Ce sont elles qui font le bonheur ici-bas.
Protégez l'innocence et détruisez le vice
Qui depuis trop longtemps attriste nos climats.
Grand Dieu, qui pouvez tout, vous seul en qui j'espère,
Oh ! vous qui gouvernez en tous temps en tous lieux,
Oh ! vous qui commandez à la nature entière,
Daignez, je vous supplie, exaucer tous mes vœux.

COUPLETS
QUE J'ADRESSAI A MA FILLE LE 30 JUILLET 1849

*A la suite d'un jugement qui fut rendu contre moi
ledit jour par le Tribunal de commerce de Bayeux,
lequel jugement ne m'admettait que pour une somme
de 1,522 fr. dans la faillite Erard, bien qu'il me
fût dû par ce dernier une somme de 6,930 fr.*

Air : *Ah ! daignez m'épargner le reste.*

Que ferons-nous, ma chère enfant,
Quand nous serons dans la misère ;
On veut nous voler tant d'argent
Que je ne sais plus comment faire.
Cependant ne t'afflige pas,
Implorons des dieux la puissance ;
Ils gouvernent tout ici-bas ;
Qu'ils soient toute notre espérance.

Les biens ne font point le bonheur
Dans la vertu seule il consiste,
Suivons le sentier de l'honneur,
Heureux qui jamais ne le quitte.
Afin de t'apprendre à souffrir
L'infortune qui te menace,
Il me faut avant de mourir,
T'apprendre comment tout se passe.

Le monde est rempli de méchants
Qui sans cesse aux bons font la guerre,
Cela se vit dans tous les temps,
Dans ce malheureux hémisphère,
Mais les méchants sont tôt ou tard
Les tristes victimes du vice ;

Non par un effet du hasard,
Mais par la divine justice.

On veut nous ruiner en ce jour,
On nous le fait assez connaitre ;
Mais la justice aura son tour.
Tôt ou tard elle doit paraitre.
Si tu n'as plus rien à donner,
Au malheureux, dans l'infortune,
Tâche au moins de le consoler,
Par une parole opportune.

En lui ranime un doux espoir.
Parle-lui de la Providence,
Heureux qui fera son devoir,
En lui donnant sa confiance.
Malheur à nos persécuteurs,
Malheur à qui veut l'injustice,
Et corrompus et corrupteurs
Subiront le même supplice.

Vous qui voyez, oh ! justes dieux,
Dans quelle infortune on nous plonge,
Confondez ces audacieux
Qui n'écoutent que le mensonge.
Vous qui pouvez tout ici-bas,
J'attends tout de votre puissance ;
Grands dieux, ne m'abandonnez pas,
Vous êtes ma seule espérance.

Dirigez-moi dans mon procès,
Daignez éclairer tous les juges ;
De vous, j'attends tout mon succès,
Soyez mon unique refuge.

En vous j'ai mis tout mon espoir,
Daignez exaucer ma prière ;
Montrez votre divin pouvoir,
Nous arrachant à la misère.

POUR M. LE GORGEU, ANCIEN CURÉ DE LIVRY

Depuis curé de Saint-Pierre-sur-Dives, où il est décédé

Il ne vécut point dans l'aisance,
Il donna tout aux malheureux ;
Sa grande et noble bienfaisance
Le rendit l'image des dieux.

POUR M. A. R.

*Lequel me prenait une grande quantité d'exemplaires
de mes ouvrages toutes les fois que je faisais imprimer, lesquels il me payait très-cher. Ayant été le
voir quelque temps avant sa mort, il me dit en
plaisantant qu'il désirait que, tôt ou tard, je lui fisse
une épitaphe, mais qu'il ne voulait point être désigné
autrement que je ne le désigne, et qu'il me priait de
garder le plus profond secret à l'égard des services
qu'il m'avait rendus.*

Aux malheureux, très-favorable,
Ce fut un grand consolateur ;
Riche par un poste honorable,
Ce fut mon plus grand protecteur.

POUR LOUIS-PHILIPPE Ier, EX-ROI DES FRANÇAIS

J'eus des preuves de sa clémence,
Je ne les oublierai jamais ;
Son cœur ouvert à l'innocence,
Etait celui d'un bon Français.

AUTRE PIÈCE DE VERS, POUR LA 1ʳᵉ COMMUNION DE MA FILLE.

Vierge sans tache, écoutez ma prière,
Vous le secours de tous les malheureux,
Priez pour moi, soyez aussi ma mère ;
Que près de vous, j'habite dans les cieux.
Guidez mes pas, épurez mon langage,
Que rien en moi ne puisse vous blesser.
Plutôt mourir que de n'être point sage,
Mourir plutôt que de vous offenser.
Tel est le vœu de votre humble servante,
Qui pour toujours fait mépris de l'orgueil ;
Je vous invoque, oh vierge bienfaisante,
Daignez me faire éviter tout écueil.

VERS

AU SUJET DE Mᵐᵉ EUGÉNIE RICHER, NÉE MALHERBE, NOTRE COUSINE

Décédée à Caen le 17 Septembre 1858, âgée de 39 ans.

24 Septembre 1858.

Elle n'est plus... oh ! trop chère Eugénie,
Dont la douceur et la grâce infinie
    Charmaient toujours.
Elle n'est plus... la Parque étant jalouse
Des qualités d'une aussi chère épouse,
    Trancha ses jours.

Elle n'est plus... connaissant tant de charmes,
Ah ! qui pouvait ne point verser de larmes.
    A son trépas.
Oh ! tendre époux, chère petite fille,

Vous chercherez en vain dans la famille
Autant d'appas.

Ayons recours à la bonté suprême
D'un Dieu puissant qui soulage qui l'aime,
C'est là le port.
Élançons-nous à la voûte éternelle,
En attendant cette heure solennelle
Où vient la mort.

Nous y verrons notre chère Eugénie,
Resplendissant d'une gloire infinie,
Orner les cieux.
C'est le moyen d'apaiser notre peine,
En attendant que le bon Dieu nous mène.
Aux mêmes lieux.

PRIÈRE.

Saintes phalanges,
Qui chantez l'éternel
Parmi les anges,
Aux chants très solennels.
Sur cette terre,
Abaissez vos regards,
Où la misère
Nous vient de toutes parts.
Chère Eugénie,
Qu'il est de malheureux,
Je vous supplie,
Daignez prier pour eux.

VERS A M. DE LAMARTINE, 15 JANVIER 1850.

Charmant de Lamartine
Votre plume est divine

Elle à su m'enchanter,
Sans cesse je l'admire,
Heureux qui peut vous lire
Et peut vous méditer.
Vous calmez la souffrance.
De notre chère France
Vous ranimez l'espoir.
Ami de la justice,
Pour écraser le vice,
Il vous faut le vouloir.
Puissiez-vous longtemps vivre,
Et le genre humain suivre
Vos sublimes conseils.
On verrait de la terre,
Disparaitre la guerre.
Où vit-on vos pareils,
Au fort de la tempête,
Vous levâtes la tête
Et l'aquillon se tut.
On voit pâlir la foudre,
Prête à tout mettre en poudre.

Devant votre vertu.
Oh ! si jamais la France
Comble son espérance,
En trouvant le bonheur,
Votre divin génie,
L'aura faite infinie ;
Qu'il en ait tout l'honneur.
Dieu de la république,
Je plains qui vous critique,
Oh ! qu'il vous connait mal.

Vous n'avez rien à craindre,
On ne peut vous atteindre,
Vous êtes sans rival.
Le destin vous accable
Et vous rend admirable
En tous temps en tous lieux.
Qu'il est grand le génie
Qui sauve sa patrie,
Même étant malheureux !
Mon affreuse misère
Me parait plus légère,
En voyant votre sort,
Je me dis : le courage
Est le propre du sage ;
Sans vous, je serais mort.

M'étant permis d'envoyer ces vers à M. de Lamartine, il me fit l'honneur de m'adresser une lettre, laquelle je m'empresse de reproduire ici, non-seulement parce que je me sens très-honoré de cet écrit, mais surtout parce qu'il marque l'extrême bonté de ce grand homme.

MONSIEUR,

Je reçois vos vers si bienveillants pour moi. Je vous remercie ; le courage est facile, avec des amis comme vous. Vous me donnez l'exemple, par ce chant de sympathie et de foi que vous me faites entendre du fond de vos peines et de vos épreuves.

LAMARTINE.

Monceaux, 21 janvier 1850.

Je me permis de lui renvoyer encore les stances qui suivent, à l'occasion de la lettre qui précède :

Quoi, Monsieur, vous daignez m'écrire,

A moi qui suis dans le malheur ;
A moi qui n'ai plus que ma lyre,
Mon infortune et ma douleur ;
A moi qui, né dans l'ignorance,
Connais à peine le français ;
A moi qui, dès ma tendre enfance,
Perdit la vue à tout jamais.
A moi que la vie importune,
A moi qui viens d'être ruiné,
Par la plus affreuse infortune,
A mourir de faim condamné.
Si je n'avais point de famille,
Je pourrais mourir sans effroi.
Mais, ma chère épouse et ma fille,
Ah ! que feraient-elles sans moi.
Soyez béni pour votre lettre,
Elle apaise mon triste sort.
Sur mon cœur, ah ! je vais la mettre,
Quand la quitterai-je ? A la mort.
Pardonnez cette vaine plainte,
Interrompez vos nobles travaux.
Reprenez votre tâche sainte,
Vous adoucirez bien des maux.
Divine étoile de la France,
Puissions-nous tous suivre vos pas ;
Après les dieux, notre espérance,
Oh ! ne nous abandonnez pas.
Vous êtes de notre patrie,
Le Dieu tutélaire et l'honneur ;
Ce n'est point une rêverie,
Vous seul auriez fait son bonheur.
Non sans trouver beaucoup d'entraves,

Non sans éprouver des tourments,
Mais il est des dieux et des braves,
Qui vous garderont des méchants.
Puissiez-vous propager sans cesse
Votre illustre et divin journal,
Tous les humains, il intéresse,
Car il est l'ennemi du mal.
Vous triompherez de l'envie,
Qui plus est de tous vos malheurs,
Les dieux conservent votre vie,
Elle est un baume à nos douleurs.
Ah ! que ne puis-je sur vos traces
Voler, éclairer les humains ;
Mais n'étant point connu des grâces,
Elles mépriseraient mes soins.
Debérenger peut l'entreprendre,
Lui qui si fertile en leçons,
Afin de mieux se faire entendre,
Nous les donna dans ses chansons.
De ce grand homme, le génie
Me semble une divinité,
Qui détrôna la tyrannie
En nous chantant la liberté.
Ah ! qu'il chante, qu'il chante encore,
Ces chants dignes des justes dieux
Iront du couchant à l'aurore
Confondre les audacieux ;
Chacun de vous dans son langage,
Du vice fera le procès,
Et moi je vous dirai courage,
Admirant vos nobles succès.
Vous dirais-je mon espérance,

Le monde brisera ses fers,
Et l'injustice et l'ignorance
Abandonneront l'univers.
Tous auront la même patrie,
L'équité régnant en tous lieux,
La vertu seule étant chérie,
Tous seront bons et vertueux.
Alors une paix générale
Des humains finira les maux,
Et la terre, des cieux, rivale,
S'enrichira de vos travaux.
Quand cela, je ne puis le dire,
Mais cela doit nous arriver,
Charlatans, quittez votre empire,
Le grand œuvre doit s'achever.
On me dit c'est une folie,
Mais d'où naissent tous nos malheurs,
L'égoïsme et la tyrannie
Sont les sujets de nos douleurs.
En vain les méchants on réprime,
En vain on les prive du jour ;
On voit renaître des victimes
Qu'il faut condamner tour à tour.
Si les riches plus équitables,
Se rendaient bons et généreux ;
Et les tyrans moins redoutables,
Verrions-nous tant de malheureux.
Que savons-nous, châtier le vice,
Quand nous dresserons des autels,
A la sagesse, à la justice,
Nous n'aurons plus de criminels.
Riches, donnez de votre aisance

A la souffrante humanité ;
De vous, l'aimable bienfaisance,
Va faire une divinité.
Tyrans, quittez la tyrannie,
Laissez-nous gouverner aux dieux ;
D'où vient la sagesse infinie,
Qui fait le bonheur en tous lieux.
Et vous verrez si je m'abuse,
En vous prédisant le bonheur ;
Oh ! non, vainement on m'accuse
D'être de longtemps dans l'erreur.
Tout ce que je prédis arrive,
Dans peu, tout le monde étonné,
N'aura plus rien qui le captive,
Oh ! jour heureux et fortuné.
Venez à ma simple prière,
Et rendez tout le monde heureux ;
Venez régénérer la terre,
C'est là le plus grand de mes vœux.

STANCES

A MA MÈRE, SUZANNE-FRANÇOISE-MARCELLE GUEROULT,
VEUVE DE JEAN-LOUIS BOSQUET, MON PÈRE

décédée à Livry le 14 juillet 1859.

C'en est fait, tu n'est plus, oh ! mère incomparable,
Ton trépas m'a causé la plus juste douleur ;
Je perds en te perdant un guide inestimable,
Mais ton doux souvenir est gravé dans mon cœur.
Jamais je n'oublierai ta sage économie,
Ton travail assidu, ta noble charité ;
Tu fus plus que ma mère, ah ! tu fus mon amie,
Tu me fis dès l'enfance aimer la vérité.

Je n'oublierai jamais ta charmante lecture,
En voulant éclairer mon faible et pauvre esprit ;
Tu m'inspiras le goût de la littérature,
Et mon premier essai tu le mis en écrit.
Mais que pouvais-je, hélas ! ignorant la grammaire,
J'implorai jour et nuit, constamment tous les dieux ;
Et m'adressant à toi, ce fut toi, bonne mère,
Qui me la fit apprendre en me prêtant tes yeux.
Que de fois tu m'as fait répéter chaque page,
Hélas ! combien j'ai dû te causer de tourments ;
D'une mère il fallait l'invincible courage,
Depuis que tu n'es plus, j'y songe à tous moments.
Plus tard, étant en proie à l'affreuse infortune,
A la peine brûlante, au plus grand des malheurs,
Sans te les raconter, ta présence opportune,
Etait un spécifique, un baume à mes douleurs.
Salut, salut à vous, dont la noble existence,
Fut toute consacrée à mon utilité ;
J'ai presque tout perdu, mais ma reconnaissance,
N'en doit pas moins hommage à votre activité.
Que ne puis-je élever à vos mânes chéries,
Chacun un monument digne de vos vertus ;
Mais je n'ai que ma lyre, et ses cordes flétries
Ne daignent plus vibrer sous mes sens abattus.
Soyez cent fois bénis, oh ! mon père, oh ! ma mère,
Puissent les dieux payer vos bontés, vos travaux ;
Ne m'abandonnez pas à ma douleur amère,
C'est de vous que j'attends la fin de tous mes maux.

EPITAPHE

Pour Victoire-Aglaé Bosquet, ma cousine et belle-
mère, née Malherbe, décédée à Saint-Clair le 18 sep-
tembre 1854.

Mère indulgente, épouse tendre,
Elle éprouva tous les malheurs,
Puisse le ciel enfin m'entendre
Et lui payer tant de douleurs.

VERS A M. RENAN.

Monsieur Renan, jamais on ne peut mieux écrire
Que vous ne l'avez fait au sujet de Jésus ;
Le Saint Père se fâche, il faut le laisser dire,
Tout homme un peu sensé ne le redoute plus.
Maintenant on se rit du terrible anathème
Qui fut l'épouvantail et du peuple et des rois,
Le temps a fait raison d'un absurde système
Et ce monde n'est plus le monde d'autrefois.
Cependant il est loin d'atteindre à la science,
Qui doit faire régner le bonheur ici-bas.
Attendons tout du temps et prenons patience,
Votre livre, au progrès, fera faire un grand pas.
Cette œuvre est noble et belle, en un mot admirable ;
Elle doit vous conduire à l'immortalité,
Car enfin, au mensonge, elle est défavorable
Et tôt ou tard on veut l'aimable vérité
Faisant à la sottise une semblable guerre,
Sans doute vous aurez des ennemis nombreux ;
Il est beaucoup d'oiseaux qui craignent la lumière.
Et qui déteste tout ce qui n'est point pour eux.
Cependant, continuez, oh ! continuez d'écrire

L'hypocrisie, en vain, fera votre procès ;
Elle dira beaucoup, il faut la laisser dire,
Vous n'en aurez pas moins les plus brillants succès.

STANCES

Au sujet de Mlle Arthémise Mariette, décédée à Livry

Très-excellente fille,
Elle eut un très-bon-cœur ;
De toute sa famille
Elle eût été l'honneur.
Elle était jeune et belle,
Et l'implacable mort
Osa nous priver d'elle ;
Oh trop funeste sort ?
Oh très-chère Arthémise !
En dépit du trépas,
L'espérance est permise.
Ne nous oublions pas.
Dans la grande misère,
Il est un très-grand bien,
C'est l'aimable prière
Employons ce lien.
Priez pour Amélie,
Qui baigna de ses pleurs,
Le lit où son amie
Termina ses douleurs.
Ma chère Athénaïse
Vous aima tendrement,
Priez, chère Arthémise,
Pour elle constamment ;
Et dans votre prière,

Daignez penser à moi,
Si, d'un ami sincère,
Vous repectez la loi.
Bénissez la prairie,
Témoin de tous mes jeux.
Daignez, fille chérie,
Vous rendre à tous mes vœux.
Que votre récompense
Pour autant de bonté,
Soit un bonheur immense
De toute éternité.

Livry, 24 juillet 1860.

PRIÈRE AU PAPE

25 février 1850.

AIR : *Partant pour la Syrie*.

Du prince de l'Eglise
Les Romains étant las,
Quittez votre entreprise,
A Rome n'allez pas.
Cédez à ma prière.
Je sais bien qu'ils ont tort.
Demeurez, bon Saint-Père,
Sans quoi vous êtes mort.

2e.

Vous aimez beaucoup Rome,
Objet de tous vos soins,
Et vous n'êtes point homme
A craindre les Romains.
Du Christ le vicaire.
Je sais bien qu'ils ont tort.

Demeurez bon Saint-Père,
Sans quoi vous êtes mort.

3e

Prononcer l'anathème
Qui foudroya les rois,
Serait folie extrême,
Bien que bon autrefois.
Tous bravent le grimoire.
Je sais bien qu'ils ont tort.
Demeurez, bon Saint-Père,
Sans quoi vous êtes mort.

4e

Vous êtes de l'Église
Le premier ici-bas ;
Mais qui vous autorise
Ne vous préserve pas
D'une affreuse colère.
Je sais bien qu'ils ont tort.
Demeurez, bon Saint-Père,
Sans quoi vous êtes mort.

5e

Le Républicanisme
Vous traite sans égards,
Et le Catholicisme
Court un très-grand hasard.
Que voulez-vous y faire.
Je sais bien qu'ils ont tort.
Demeurez, bon Saint-Père,
Sans quoi vous êtes mort.

6e

Demeurez à Gaëte
Le reste de vos jours,

Préférez la retraite
A la pompe des cours,
Vous fûtes populaire.
Je sais bien qu'ils ont tort,
Demeurez bon Saint-Père,
Sans quoi vous êtes mort.

7^e

En quittant cette vie,
Vous irez droit aux cieux,
Là votre âme ravie
Verra le Dieu des dieux.
Mais tous aiment la terre.
Je sais bien qu'ils ont tort,
Demeurez bon Saint-Père,
Sans quoi vous êtes mort.

QUATRAIN.

Malheur à tout enfant qui méprise sa mère,
Que dira-t-on du monstre osant l'assassiner.
Il est maudit des Dieux, du ciel et de la terre.
A son triste destin, tout doit l'abandonner.

STANCES

A Aimée Desmonts, femme Masson,

Décédée à Cahagnes, le 11 mars 1861.

Oh toi qui pris le soin, de ma débile enfance,
Et qui pris tant de part à toutes mes douleurs,
Accepte cet écrit de ma reconnaissance ;
Je n'ai pu faire mieux, tu connais mes malheurs ;
Si ce n'est que je suis plongé dans la détresse,
J'aurais bien autrement reconnu tes bontés,

Je n'oublirai jamais ton immense tendresse,
Elle te place au rang de mes divinités ;
Chère Aimée, à ta voix, disparaissaient mes larmes
Sans que tu chantât bien, je trouvais dans ton chant
Je ne sais quel attrait, quels indicibles charmes
Qui dissipaient mes maux, tant il était touchant.
Tes chansons, chère amie, étaient une prière ;
J'avais deux ans à peine, en déplorant mon sort.
Oh ! mon Dieu, disais-tu, privé de la lumière,
Que fera cet enfant, tu m'embrassais plus fort.
Et puis tu reprenais, mon Dieu, je vous en prie,
Ah ! Daignez remplacer la perte de ses yeux
Par un don tout divin, sainte Vierge Marie,
De grâce obtenez-moi le plus grand de mes vœux.
Plus tard, en grandissant, tu prias en silence,
Crainte de m'affliger, tu gémissais tout bas.
Mais en vain tu savais te faire violence ;
Je lisais dans ton âme et ne le disais pas.
Oh ! Combien tu m'aimais, quelle sollicitude ;
A tes propres enfants, donnas-tu plus de soins.
Tu ne le pouvais, le bien fut ton étude.
Des pauvres tu volais, au-devant des besoins,
Aussi chacun t'aimait dans notre voisinage,
Et tous disaient de toi, c'est un cœur excellent.
Sans cesse, tu fus bonne ; et, dès ton plus jeune âge,
La sensibilité fut jointe à ton talent.
Aussi, je me souviens de toi dans ma prière ;
Daigne me continuer ta noble affection.
Oh ! ma très-chère amie ; oh ! ma seconde mère,
Je réclame à jamais ta bénédiction.

Livry, ce 24 mars 1861.

QUATRAIN.

D'un calme très-profond surgissent les tempêtes ;
Ah ! combien a-t-on vu de pauvres matelots
S'endormir en rêvant les plus nobles conquêtes,
Sans jamais s'éveiller, si ce n'est sous les flots.

MES REGRETS ET MES ADIEUX.

OCTAVE.

Oh ! vallon trop charmant ; oh ! trop chères prairies,
Oh ! paisible chaumière ; oh ! champs délicieux,
Témoin de mon enfance et de mes rêveries,
Héritage sacré, je vous fais mes adieux.
Vainement j'espérais vous laisser à ma fille,
Hélas ! je suis ruiné par un affreux malheur ;
Je suis né le fléau de ma chère famille,
Je dois passer ma vie au sein de la douleur.

A Mlle EUGÉNIE VIOLETA.

1er août 1850.

Vous savez, chantant l'espérance,
Calmer la plus rude souffrance,
Oh ! trop aimable Violeta,
Les dieux ont béni votre lyre ;
Et ce noble écrit que j'admire,
Sans doute un Dieu vous le dicta.
Continuez, charmante Eugénie,
Faites briller votre génie ;
Volez à l'immortalité.
Oh ! puissiez-vous en récompense,
De votre sublime science,
Vivre dans la félicité.

Vous m'avez rendu le courage
Qui caractérise le sage
Succombant sous de vains travaux.
Plongé dans l'affreuse misère,
Aux Dieux j'adresse ma prière ;
Ils auront pitié de mes maux.
Du moins, c'est là ce que je pense.
Il existe une providence
Qui sait confondre les méchants ;
Tôt ou tard, elle doit paraitre ;
Heureux qui sait la reconnaitre
Et la célébrer dans ses chants.

VERS

A M. L'ABBÉ D..., *vicaire de L....*

Quoi, petit prestolet, quoi mon chant vous offense ;
Mais ne manquez-vous pas un peu de charité.
Sans doute, en l'acceptant comme une pénitence,
Il vous aurait conduit à la félicité ;
Mais, faute d'être charitable,
Je crains que vous n'alliez au diable.

AUTRES AU MÊME.

Écoutez-moi, je prophétise,
Et je le fais sans nul effort.
Votre orgueil et votre sottise
Vous feront un très-mauvais sort.
Vous vous croyez maître suprême,
Tout fat est plein de cet esprit.
Vous êtes la fatuité même ;
Vous êtes monsieur l'anté-christ.
Le caractère de la bête

En vous se voit parfaitement.
Non dans la main, c'est à la tête
Qu'il est visible en ce moment.
Je me ris de votre insolence ;
Il faut vous moquer de ces vers
Qui sont, grâce à mon indolence,
Tout, comme vous, faits de travers.

QUATRAIN.

Un chêne, grandissant au dépens d'un bocage,
Croyait déjà toucher à l'immortalité ;
Des aquilons fougueux, précédant un orage,
Le renverse ; on se rit de sa divinité.

STANCES

A M. VICTOR HUGO, *poëte et représentant du peuple.*

24 octobre 1850.

Oh ! vous dont le divin génie
Acquiert une gloire infinie.
Au rang des dieux
Où vous ont placés vos lumières,
Sur mes déplorables misères
Jetez les yeux.
Pardon si ma muse importune
Vous parle de mon infortune
En cet écrit ;
Je suis un poëte de village,
Qui possède pour tout potage,
Un manuscrit :
Que je voudrais trouver à vendre ;
Mais vainement j'y veux prétendre,
Sans protecteur.

Vous dont le pouvoir est immense,
J'attends de votre intelligence
        Un éditeur.

Si votre esprit et mon audace,
Me faisaient grimper au Parnasse,
        Assurément ;
On verrait s'écrouler la France
Plutôt que ma reconnaissance,
        J'en fais serment.

Mais, que dis-je, d'un pauvre hère,
La reconnaissance ou la guerre
        N'importe pas.
Vous vous rirez de mon audace,
Le malheureux n'attend de grâce
        Que le trépas.

Hé bien ! je l'attends sans mot dire,
Loin de moi je jette ma lyre
        Et mes pipaux.
Adieu, trop aimables bocages,
Qui m'inspirâtes mes ouvrages,
        Plus de travaux.

Je veux que le diable m'emporte...
Mais, qui est-ce qui frappe à ma porte,
        C'est le facteur
Qui vient m'apporter une lettre,
Peut-être elle va me remettre,
        Bosquet auteur......

Ce titre renfle mon audace,
Ma foi, mon malheur il efface ;
        Que me veut-on ?
C'est de l'argent qu'on me demande,

Le diable emporte la commande
    Et le piéton.

Quand je crois, nageant dans l'aisance,
Me livrer à la bienfaisance,
    Oh ! triste sort.
Mais, lisant, je reprends courage,
On veut de mon huitième ouvrage,
    Ah ! j'avais tort.
Dans ce mandat est ma ressource,
Vingt francs vont entrer dans ma bourse,
    Oh ! justes Dieux.
Bénissez la main bienfaisante,
Qui, dans ce moment-ci m'enchante,
    Je suis heureux.
C'en est fait, je reprends ma lyre,
Je cède à mon brûlant délire,
    Je veux chanter.
Quand même il ne serait personne
Qui se trouvât l'âme assez bonne
    Pour écouter,
Que chanterais-je, est-ce ma vie,
Oui, certes, elle est digne d'envie
    Et de mes vers.
Je vais emboucher la trompette,
Afin de chanter un grand poète
    Et ses revers.
Coteaux, ruisseaux, vallons, bocages,
Ou tant d'illustres personnages
    Vont méditer.
Ah ! daignez me prêter vos charmes,
Que chacun me rende les armes,

Je vais chanter.
En mil huit cent six, une fée,
Descendant par la cheminée,
De grand matin,
Voulut me faire une visite ;
Elle était méchante et petite
Comme un lutin.
Ce fut dès ma première aurore,
A peine je venais d'éclore,
En ce moment.
J'ouvrais une bouche effroyable,
Et je criais comme un vrai diable,
Assurément.
Si bien que je lui fis la mine,
Ce dont elle fut très-chagrine.
Dans sa fureur,
Elle maudit mon existence,
Et de moi fit dès mon enfance,
Un sot auteur.
Dès le premier an de ma vie,
Par une affreuse maladie,
Privé des yeux.
Je ne pouvais apprendre à lire,
Et je m'emparai d'une lyre
En malheureux.
Je voulais braver ma disgrâce,
Mais tout le monde était de glace
A mes accords.
De l'enfance une tendre amie,
Quatorze ans partagea ma vie
Et mes transports.

J'étais heureux de ses lectures,
Elle lisait des aventures
  Pleines d'appas.
Enfin, je goûtais mille charmes,
Et je dus mes sincères larmes
  A son trépas.
Dans le secret, plus d'une année,
Je pleurai cette infortunée,
  Et puis un soir,
Je fis une autre connaissance
Qui sut m'enivrer par avance
  D'un fol espoir.
J'étais très-heureux en amantes,
Il m'en fallut faire quarante
  Pendant deux ans.
Et puis je changeai de misère,
En apprenant de la grammaire,
  Autres tyrans.
Sans cesse il m'arrive des rimes
Qui ne sont pas trop légitimes,
  A réformer.
Je passe, hélas! toute ma vie,
Et telle est ma triste folie,
  Je veux rimer.
En vendant mon troisième ouvrage
Entre autre, je fis un voyage
  Assez heureux.
Je fis rencontre d'une amante,
Qui m'en fit oublier quarante
  On ne peut mieux.
Voilà quinze ans que l'hyménée

Charme ma triste destinée.
      Mais, oh ! douleur
Sans consolation aucune,
On nous ravit notre fortune,
      Affreux malheur.
De la fée ainsi la malice
Me jeta dans un précipice
      Au premier pas.
Mais il est une providence,
Elle veut que tout se compense
      Dès ici-bas.
Quand viendra mon heure dernière,
Je rentrerai dans la poussière,
      Sans regretter
Cette félicité parfaite,
Que l'homme heureux en vain regrette.
      Près de quitter,
Je vais mettre ma muse en cage,
Afin d'abréger cet ouvrage.
      Sublime esprit,
Pardonnez-moi ces rimes folles
Et les inutiles paroles
      De cet écrit.
Et si me trouvant un libraire
Vous m'arrachez à la misère
      Puissent les Dieux.
Vous conserver en récompense
La haute et noble intelligence
      Qui rend heureux.

QUATRAIN.

Sans payer un centime, un riche eut des esclaves,
Il les obligea tous à se forger des fers ;
Il se croyait heureux, mais, brisant ses entraves,
L'un d'eux le précipite au fin fond des enfers.

STANCES

A M. Debérenger, poete, 24 octobre 1850.

Oh ! vous, dont la divine lyre
Me cause le plus doux délire
        Depuis vingt ans.
Oh ! vous, dont le brillant génie
Triomphe de la tyrannie
        Et des tyrans.
Oh ! vous qui faites tous les charmes
Du genre humain dans les alarmes
        Et les revers.
Ah ! Daignez m'enseigner de grâce
Quelle est la route du Parnasse
        Et des beaux vers.
Apprenez-moi l'art admirable
Qui rend la muse favorable
        Tel est mon sort.
Si par un avis salutaire
On ne m'arrache à la misère
        Ah ! je suis mort.
Hélas ! je reprendrais courage
Si je pouvais vendre un ouvrage
        Un manuscrit.

A ce Monsieur qui vous publie,
Oh ! vous qui voyez ma folie
En cet écrit.
Ah ! Daignez me faire connaître
Si je suis digne de paraître
Chez l'éditeur.
En m'arrachant à la souffrance
Croyez à la reconnaissance
D'un pauvre auteur.

QUATRAIN

Tel est réputé grand qui n'est que téméraire,
Chacun lui rend hommage, il est égal aux Dieux.
Encore un peu de temps, tombé dans la poussière,
On le reconnaîtra pour un audacieux.

CHANSON

QUE JE FIS ET CHANTAI LE 27 AOUT 1865 A VILLERS-
BOCAGE

Le jour de l'inauguration de la statue de Richard-Lenoir

Air : *Bocage que l'aurore.*

Richard est admirable,
Il gagna ses lauriers
Pour être favorable
A nos bons ouvriers,
Français rendons hommage
A cet homme excellent
Qui, partant du village,
Montra tant de talent.

2^e

Il dota sa patrie
En cent différents lieux,
De plus d'une industrie.
Qui pourrait faire mieux ;
Sa bonté fut immense
Et toucha l'Empereur ;
Ami de la science,
Il fut son protecteur.

3^e

Salut noble statue
Du grand Richard-Lenoir,
Heureux qui vous salue !
Heureux qui peut vous voir !
Mais plus heureux encore
Qui pourrait imiter
Cet humain qu'elle honore
Et que j'ose chanter.

4^e

Il nous faut rendre grâce
Au bon gouvernement
Qui donne à cette place
Un si beau monument.
Par un élan sublime,
Chantons notre Empereur ;
Il est grand, magnanime
Et fait notre bonheur.

FABLE

Dans une paisible masure
Vivait un pauvre vieux hibou,
Lequel, en chantant la nature,
Etait satisfait de son trou.
De ses chants il faisait un livre,
Et puis le faisait imprimer ;
Il était heureux d'ainsi vivre,
Son bonheur étant de rimer.
Chacun de nous a sa manie,
Tout ici-bas a ses travers ;
Heureux celui dont le génie
Fait la fortune et non des vers.
Cependant cet art est sublime,
Il est le langage des dieux ;
Mais depuis très-longtemps je rime,
Je n'en suis pas moins malheureux ;
Mais revenons à la misère
De notre infortuné hibou,
La poésie, en vain, lui fut chère,
Il en avait tout plein son trou.
Tombé dans l'affreuse détresse,
Il n'en pouvait plus mettre au jour ;
Au malheureux peu s'intéresse,
Chacun au riche fait sa cour ;
Cependant un aigle admirable
Ayant de ce hibou pris soin,
Chacun lui devient favorable
Quand il n'a plus aucun besoin.
Notre hibou reprend courage

Et se croit un sublime auteur,
Il met au jour un long ouvrage
Que lit deux fois son protecteur,
Et se retrouvant dans l'aisance,
Il vole à l'immortalité,
Chantant la noble bienfaisance
De l'aigle, sa divinité.

Je suis ce hibou misérable,
Est-il un aigle assez humain
Qui puisse m'être favorable,
Qui daigne me tendre la main ;
Oh ! si jamais il se présente,
Je veux lui dresser un autel,
Et ma muse, reconnaissante,
Rendra son bienfait immortel.

A SA MAJESTÉ L'EMPEREUR DES FRANÇAIS

A L'OCCASION DES GÉNÉREUX DONS QU'IL A FAITS A LA CLASSE INDIGENTE.

14 février 1864.

Accablé sous le poids d'une infortune extrême,
Je languissais confus dans l'abrutissement ;
Un désespoir affreux s'emparait de moi-même ;
J'aspirais le repos, la paix du monument.
      Mais votre bonté, Sire,
      Me fait prendre ma lyre
      Une dernière fois.
      Votre munificence
      Doit faire plus, je pense,
      Que les plus sages lois.
En soulageant ainsi du peuple la misère,
Vous devez captiver, gagner tous les esprits ;
Les héros bienfaisants sont les dieux de la terre
Et sont éternisés par un million d'écrits.

Votre sollicitude
Confond l'ingratitude.
Je suis républicain ;
Cependant je m'incline
Devant la main divine,
Qui fait autant de bien.
En moi, votre bonté ranime l'espérance ;
Mais non, que dis-je, hélas ! je suis trop malheureux,
Pour oser espérer la fin de ma souffrance ;
Il n'est rien cependant que ne puisse les dieux.

QUATRAIN

Voulez-vous élever un monument durable,
Ne bâtissez jamais sur un terrain mouvant ;
Il en est qui seront ensevelis dans le sable
Pour avoir osé suivre un avis décevant.

*Il y a quelques années, je trouvai dans l'Indicateur,
journal de Bayeux, un si bel éloge de Mme la comtesse de Germini, décédée en cette ville, que je fis à
l'instant même cette octave :*

Elle n'est plus cette noble comtesse
Qui, tant de fois, adoucit le malheur ;
Elle n'est plus, quelle affreuse tristesse !
Petits et grands, tous sont dans la douleur.
Elle n'est plus, son âme était trop belle
Pour habiter plus longtemps en ces lieux,
Elle jouit de la palme immortelle
Que Dieu réserve aux habitants des cieux.

QUATRAIN

Heureux, cent fois heureux, qui vit dans la justice,
Car il n'aura jamais rien à se reprocher,
Son cœur est un trésor où règne le délice
Et les chagrins, de lui n'oseront approcher

STANCES

A MA SŒUR JULIE BOSQUET, VEUVE JOURDAIN

Décédée à Livry, le 27 janvier 1869, âgée de 65 ans,
7 mois, 8 jours.

Quoi tu n'es plus, ô ma chère Julie !
Je perds en toi la plus aimable sœur.
Ah ! ne crains pas que jamais je t'oublie,
Ton souvenir est écrit dans mon cœur.
Je me souviens de ta bonté constante
A protéger ton frère malheureux.
J'ai bien souffert en te voyant souffrante,
En te voyant près de quitter ces lieux
J'avais en toi la plus grande confiance,
Je te disais presque tous mes chagrins ;
Auprès de moi, tu fus sans défiance.
Nous déplorions nos funestes destins ;
Toi, tu souffrais au sein de la fortune,
Moi, je n'eus point de bonheur ici-bas.
Je suis de ceux que la vie importune,
Dont tout l'espoir est dans un prompt trépas,,
Mais je savais relever ton courage
Qui, trop souvent, se trouvait abattu ;
Je te parlais de ce jeune et bel âge,
Où la malice est presque une vertu ;
Je te parlais de notre chère amie
Dont nous avons tous déploré la mort.
Repose en paix ainsi que Virginie
Si vous pouvez, changez mon triste sort.

VERSETS PROPHÉTIQUES.

Dans peu nous verrons tous des choses surprenantes,
Et beaucoup d'actions plus ou moins étonnantes.
Le progrès, en tous lieux, doit faire un très-grand pas,
L'univers, éclairé par un grand personnage,
Doit sortir à jamais de son triste esclavage,
Le bonheur osera se fixer ici-bas.

www.ingramcontent.com/pod-product-compliance
Lightning Source LLC
LaVergne TN
LVHW021044050726
842519LV00003B/1008